Whoooo does this
book belong to?

Ry Ry

The
Home
for
Little
Wanderers

Traducción al español: Paula Vicens
Traducción al inglés: Esther Sarfatti
© 2001, Editorial Corimbo por la edición en español
Ronda General Mitre 95, 08022 Barcelona
e-mail: corimbo@corimbo.es
2ª edición en bilingüe: junio 2004
© 2001, l'école des loisirs, París
Título de la edición original: «Non, non et non!»
Impreso en Francia por Aubin Imprimeurs, Poitiers

Mireille d'Allancé

No, No, and No!
¡No, no y no!

Barcelona

Today Octavio is going to school for the first time.
"You'll see," says Mom, "school is fun."

Hoy Octavio va a la escuela por primera vez.
«Ya verás», dice mamá, «la escuela es divertida».

"See? This is your class and this is where you hang your coat.
May I have it?"

«¿Ves?, ésta es tu clase y aquí se cuelga el abrigo.
¿Me lo das?»

"No," says Octavio.

«No», dice Octavio.

"Good morning," says the teacher.
"So, you're Octavio."

«Buenos días», dice la maestra.
«Así que tú eres Octavio.»

"No!" says Octavio.

«¡No!», dice Octavio.

"Come on," says Mom, "don't be stubborn. I'll be back
to pick you up soon. Can I have a kiss?"

«Vamos», dice mamá, «no seas testarudo. Enseguida vendré
a buscarte. ¿Me das un besito?».

"No!" says Octavio.

«¡No!», dice Octavio.

The teacher leads Octavio
into the classroom.
"Children, this is Octavio.
Let's show him our classroom."
"No!" says Octavio.

La maestra hace entrar
a Octavio en la clase.
«Niños, les presento a Octavio.
Vamos a enseñarle nuestra clase.»
«¡No!», dice Octavio.

"Do you know how to do puzzles?" asks Juanita.
"No," says Octavio.

«¿Sabes hacer rompecabezas?», pregunta Juanita.
«No», dice Octavio.

"I don't think he knows how to say yes," Juanita worries.
"Me neither," says Raul. "But let's wait and see…"

«Me parece que no sabe decir sí», se preocupa Juanita.
«Lo dudo,» dice Raúl, «espera y verás…»

"Look, Octavio. My last candy.
Do you want it?"

«Mira, Octavio, mi último caramelo.
¿Lo quieres?»

"No!" says Octavio.

«¡No!», dice Octavio.

"Come see this! Octavio doesn't like candy!"

«Vengan a ver esto. ¡A Octavio no le gustan los caramelos!»

"Where are the candies?"
"Here. I left one on the table and it disappeared."

«¿Dónde están los caramelos?»
«Aquí. Había dejado uno en la mesa y ha desaparecido.»

"Tell the truth, Octavio. You have it!"

«Confiésalo, Octavio. ¡Lo tienes tú!»

"No!" says Octavio.

«¡No!», dice Octavio.

"Then you have it, Guillermo!"
"No!"
"How about you, Alfredo?"
"No!"
"Roberto?"
"No!"

«¡Entonces tú, Guillermo!»
«¡No!»
«¿Y tú, Alfredo?»
«¡No!»
«¿Roberto?»
«¡No!»

"Let's see if you can guess what I have behind my back,"
says the teacher.

«A ver si adivinan lo que escondo a la espalda»,
dice la maestra.

"Candy for everyone! But hurry up, your Moms are coming soon!"
The first Mom to arrive is Octavio's.
"Peek-a-boo, Octavio. Here I am!"

«¡Caramelos para todos! ¡Pero deprisa, que llegan las mamás!»
La primera en llegar es la de Octavio.
«¡Cucu, Octavio, ya estoy aquí!»

But Octavio doesn't even realize she's there.
"Well, Octavio, are you coming or not?"

Pero Octavio no se da ni cuenta.
«Bueno, Octavio, ¿vienes o no?»